AQUARIUS

AQUARIUS

AQUARIUS

AQUARIUS

每個人心中都有一座島嶼，

藉文字呼息而靜謐，

Island，我們心靈的岸。

此時此地

Here and Now

阿布詩集

自序

人有時候活在未來，有時候活在過去，只有在某些稀有時刻，能夠活在現在。

我們腦海裡經常充滿對未來的計畫，手機裡通訊軟體總是忙碌地與人交換接下來要做的事，那些即將赴的約，可能會遇到的人。未來的一切瀰漫著光暈，金粉降下，充滿無限可能性，所有想像中的美好事物都在那裡。在未來，你有機會可以擁有你想要的那個人生。

又很多時候我們常會想起過去：過去遺憾的決定，那些最終沒有結果的愛，來不及道的歉。如果早點知道就好了，再更有勇氣就好了，如果當時再多做一點什麼的話，結局會不會不一樣？但當時的情境已經過去，那些「如果」從現在看來都像是歷史甬道兩旁被風化的石像，帶著凝固的表情冷冷嘲笑著我們曾經做過的決定。那些永遠失去血肉的可能性，再也無法回到屬於它們的時間裡。

但是「現在」呢？在大部分的時候，那些「現在」只不過是從過去通往未來的階梯，階梯的功用只是連結著此地與遠方，本身並沒有任何值得佇足的風景。我們踩著現在朝未來奔去，現在很快被拋在後頭，成為過去的一部分。

理論上最親近的現在，卻也離我們最遙遠。

遇見過一些受傷的人，一部分的生命被困在過去裡迷了路。那裡是時間的廢墟，可能性的掩埋場。在過去裡只有不斷重複受過的傷，追不回的場景，無法修復的懊悔。他們在恐懼裡入睡，尖叫中醒來，對於活在過去的人來說，每個現在都是已經發生過的事情無限輪迴。

也有另一些人朝著未來一路飛奔，拐了個彎才發現路已經到了盡頭，那裡除了一座空蕩蕩的石室以外什麼都沒有，有的只是手裡的蠟燭，以及被燭光投影在牆壁上、晃動的自己的影子。路途中所有忽略的美好都已被留在過去，前方再也沒有路，也沒有各種可能性；曾經看起來無窮美好的未來竟如此蒼白，如今只剩自己一人，手裡一截即將燒盡的蠟燭，以及身後緊緊跟隨的自己的影子。

我們都是如此。有時耽溺於過去，有時又過度憧憬未來，游移在兩者之間，短短的距離囚禁著我們的人生。但偶爾有人在徘徊中停了下來，他被路邊的一小撮紫色的野花吸引。他蹲下來仔細看，才發現路旁的草坪遍布著這種紫色的小花，是酢醬草的花。他以前從來沒有注意到酢醬草原來也會開花。那些小花並不搶眼，但點綴著綠色的草地，遠遠看過去像點點的繁星。人群從他身後川流不息地經過，沒有一個人停下來，也沒有人關心他究竟在看什麼。只有陽光灑落在草坪上，幾隻斑鳩悠哉地漫步，風吹過，他忽然想起，幾乎又快要到夏天了。

III

IV

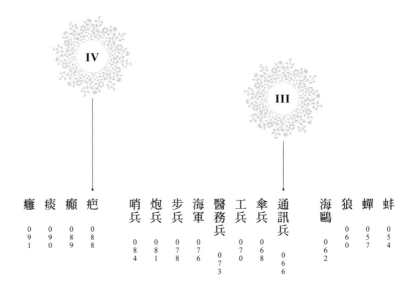

V

VI

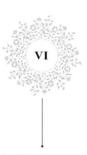

I

詩學

我們曾經約定好
要一起到一首詩所能夠抵達
最遠的地方
沿著每個句子流浪
最終都能找到
一整片海洋

不再需要為別人而勇敢
在那裡我們可以長聲大笑
放手而哭

在那裡總是吹著
不斷改變方向的風
沙灘上的午後
旁觀雲層繼續流動
就這樣逐漸原諒了過去
彷彿不愛有不愛的道理
痛有痛的甜蜜
有什麼就永遠留在那裡

像練習走入海中
擁抱倒影
將不再感到恐懼
讓我們的探索
像一則寓言：
世界的真實比瘋狂
更加遙遠
我試圖調動字句

摩擦整個宇宙
產生痛與共鳴
而逐漸認清自己
在物質的世界裡
像偶爾軟弱的神
只好回到下一首詩裡
藏匿更多可能

量子力學

假設愛極端細小
存在於日常的狹縫之間
如同光之二元：
爭吵時是粒子
擁抱是波
所以我們得以纏繞

交疊
穿越一次又一次衰變
就能測量時間
我們是彼此的鏡子
與容顏

真理與愛
都是測不準的
因為上帝不玩骰子；
那是上帝
寫出來的詩

廣義相對論

根據相對論
把回憶
不斷累積
壓縮至極限
空間就會扭曲
床墊塌陷形成黑洞

那些失眠夜晚
連一道光
都無法逃離

像一位虔誠的
無神論者
我的心是寂寞的天文台
對準宇宙最寒冷的角落
尋找愛
存在的證據

那些最黑暗的時候
即使一點點光
都看起來像煙火

天文學

預支了未來
所有發光的時刻
是因為相信
宇宙深處
有人夜夜守著天文台
穿越一萬光年的黑暗

只為了在擁擠的夜空中
把我們
辨認出來

生態學

無人在場的春天
一座湖
風經過就笑起來
養出多少
魚尾紋

那些魚
平時棲息在夢裡
以藻類為食
會在有陽光的日子
隨著千萬根發亮的釣線
浮出水面

被水波篩選過的
破碎的陽光
跌落湖底
成為水藻
用最大的溫柔
滋養著

淺綠色湖的夢境

神靜靜睡在這裡
一個無人在場的春天
不為了誰而命名
自己就是自己
豐饒自足的生態系

機率

曾經在那樣的日子裡
男孩們練習穿上西裝
打好領帶
就為了把自己攤開
放在毫無遮蔽的桌上
口袋裡裝滿青春的籌碼

胸口藏著
一盅暴動的心

掀起時間的黑幕
底牌逐漸開出
已經是沒有驚喜的年紀
卻有人依然願意
為我們默背
每副牌的機率

整晚梭哈的賭局裡
你是我從不厭倦
永遠暴斂
橫徵的賭徒

幾何學

自遠方輻射而來
不同角度貫穿我的
各種輔助線
試圖描繪
逼近
那顆懸吊著

不可見的心

日漸鎔鑄彼此
鋼鐵的半徑
讓兩弧相交的陰影
如一個吻：
那麼篤定
深沉
且適於愛人

化學

將生活
燃燒成灰燼
放入澄清的夜裡
搖晃
溶解出
未成形的聲音

讓命運的浪
撞擊燒瓶的玻璃
這世界有太多悲傷
時間結晶出意義
沉澱在文字的濾紙上
我用舌頭品嘗

光學

我們日夜打磨透鏡
計算語言的曲率
等待某個命定時刻
一道自遠方跋涉而來的光
就是恰好那個角度
穿越層層透澈的心靈

灼燒我懸在虛空裡
易燃的焦點

遺傳學

離開你才逐漸想起
黑暗曾經是我的遺傳
害怕過也枯萎過
交換彼此祕密的午後
心中的草原開滿
明亮的花朵

我仍自私
想為你留下子嗣
體內封存著你的臉孔
將在未來每個初生的笑容上
不斷復活

II

水母

據說水母體內
有百分之九十五是水
所以我的存在
藏在剩下的百分之五裡面
那百分之五

定義了我與海的界線
而海容納了我此生
可能擁有的各種經驗
包括黑潮，波浪
包括穿過海面
滲進來的陽光

觸鬚是我的延伸
我用觸鬚感受海洋
我在海的裡面
也在自己裡面
我也是海的延伸嗎？
我與海

或許有著相同的起源

水母也會作夢嗎？
作夢的時候
感覺我也是海
搖晃的夢境是海的夢境
因為此刻正下著雨
風帶來波浪
波浪在海上嬉戲

而我不在場的未來
海依舊在這裡
還有更多雨
會落在遠方的海面上

蝙蝠

清晨
又回到陰冷的洞穴
關上亮光
我在狹小的空間裡
擁抱自己的黑暗與血

不需要說話
也能知道你就在隔壁
將自己懸吊成
一顆忍住不墜的淚滴
活在陽光下的人們
從來就無法聽到
那些不被理解的痛苦
如今成為我們的暗號

關於高貴的羽翼
向來是我們不配擁有的
只能盡量將手伸到最長
假裝自己也有翅膀

努力振翅
也能飛

所謂飛行
也只是歪歪斜斜
在現實的暮色中跌撞
今天又能到多遠的地方呢
但別急
在天色全暗以前
我們還有一些時間

蛇

蛇睡著了
安靜盤在她手上
她穿起長袖衣服
化濃濃的妝
退冰後的酒杯

摸起來像蛇的鱗片
她笑著同那些男人說話
用蛇的語言

她總是在洗好澡之後
才在鏡子裡看到牠
灰色的眼神裡
彷彿藏著刀片

她抽屜裡有許多刀片
那些鐵，冰冷而硬
像極了她的眼睛
濕滑的印記爬過手臂
釋放體內的蛇
在沒有光的角落裡
吐暗紅的信
流安靜的血

蚌

星星落下的夜晚
河底不說話的石頭
都紛紛睜開了眼睛

用一生中所鍛鍊出
最強大的肌肉

將自己緊閉
可以繼續相信嗎
那些痛的砂礫
反覆咀嚼
最後也能變成珍珠，在夜裡
發出幽微的光輝

如果你能進到我的殼裡
就會發現
我為你留下
最柔軟的部分
藏著一輪滿月

我浸泡在月光裡
把身體打開
接受那些溫暖或傷害
過去無聲地經過我
流向未來

蟬

無數腳印踩過
讓泥土壓縮
壓縮成一個夏季
揮霍一個扁平的暑假
時間的紙屑

在風裡燃燒殆盡
我們努力振翅
卻被視為噪音

這個世界
用疼痛的黎明迎接我
但我繼續伸展
讓初生的翅膀
變得堅強

在黑暗與光的交接處
我們正準備
破蛹而出

狼

只有我知道
自由是一種野性
除了自己
沒人能真正馴服我
在凝視滿月的時候
我還有著

狼的眼睛

起風的時候
全身毛髮
又充滿嚎叫的慾望
寒冷與飢餓呼喚著我
曾經是狗，但今夜
我將轉生為狼

海鷗

乘著海風來的
終究要回到海上
在眾鳥歸巢的時候
唯有我仍啣著自己
負傷的影子
翅膀歪斜

努力承載半片天空
晚霞的重量

作為一隻水鳥
海是我永遠的眠床
沒有一棵樹能了解浪的弧度
只有港口最高的桅杆
能夠讓我駐足

入睡的時候
偶爾也會作著
深藍色的夢
夢裡有波浪零碎的反光

因為無法永遠飛翔
我們調動所有的想像
自私豢養一座
永不枯竭的海洋

III.

通訊兵

一個通訊兵
在眾人皆睡去的晚上
依舊朝音訊全無的遠方
發送暗號
他存在的意義
是說服自己，此刻

仍然有人在戰場彼端
努力破解暗號
徹夜尋找
我們的下落

傘兵

更年輕的時候
以為自己是鳥
曾經想飛
就這樣往下跳
但他們沒收我的翅膀
給了我刺刀與槍

沒有意志的我只能是
囚禁在迷彩服裡的自由落體
即使張開了傘
也無法掩護任何人
就連自己，也無法保證
未來在雨中
能不被淋濕

但至少此刻
我們還在空中
就是永恆
風還在吹
在降落以前
我們還有許多可能

工兵

那雙不曾握過槍
但仍長繭的手
（即使同袍笑他娘娘腔
長官說他
沒有男子氣概）
默默搬走石塊

在湍急的河面上
架設橋梁

一條回家的路
卻同時通往戰場
他只能繼續低頭
把汗水埋進土裡
嘗試對這個世界溫柔
假裝無懼來自遠方
陽光粗暴的炮擊

偶爾戰鬥休止的時候
他會抽一根菸

在樹蔭底下
攤開1：50000的地圖——
今天比昨天
距離和平
似乎又更靠近了一點

醫務兵

我們相遇於
青春期的戰役以後
我醫治你
即使我們原本隸屬於
同一支隊伍

各種暴力
列隊通過傷口
此刻
都已結著惡意的果實
除了那些冗長的清創
陽光依然美好
無菌
只是已與這個世界之間
隔著距離

隔著距離
是因為不再相信。
那些遺落在戰場上的肢體
除了忘記
還能夠怎麼辦呢

在這場戰爭裡
擁抱
是我唯一的武器

海軍

年輕的水兵
出航的第兩百二十九天
陽光依舊熨著海面
風帶來的鹽分
堆積在指尖
海是最仁慈的監獄

日子被困在海上
順著風卻也能夠抵達
任何地方
我日復一日
在甲板上升起旗幟
瞭望未曾出現的船隻
明天可能會靠岸嗎？
下次將停泊在哪一座島嶼？
太多的答案藏在遠方
就繼續航行吧
我是囚徒
也是自己的典獄長

步兵

我們行軍
在地圖上
以步伐丈量距離
生活是軍靴踏過原野上的草花
沾染新鮮的汁液
本應美好的事物

陽光、露水，以及體內
澎湃的荷爾蒙
此刻
都與我為敵

汗濕的迷彩服
淘洗出一整個夏季
晾在風裡
即使承諾已久的
和平的假日
已延宕多時
只能信任自己的腳步
比地圖更加真實

終將帶我走出戰場
穿過日復一日的殺戮
到一個未曾被任何地圖
描述的遠方

炮兵

把那些美好往日
裝填進一個黑洞
消耗所有時光
只為了狙擊
可能出現的敵軍

每顆炮彈都曾想像
一生裡
只有一次的飛行
來不及煩惱未來
會擊中些什麼
夢想燒盡以前
能帶我們飛多久呢
一整個青春期草綠色的演習
繼續抄襲鄰兵的動作

摀起耳朵
盲目點火

哨兵

像一枚安靜的圖釘
立正在地圖的角落
徹夜等待

不存在的敵軍

時間的海風使我生鏽

再過去就是黑暗了
我的存在
定義著邊界
後來發現
那些深夜裡的腳步聲
是從心裡走出來的

IV

疤

命運在我身上
留下詛咒的疤痕
而我用它
來練習愛人

癲

如果你願意
揭開病的外衣
就會發現
底下藏著我等待閱讀的
一頁真心

痰

一位沉默的父親，於爭吵後
獨自到陽台吸菸
那些說不出的
都化為一聲咳嗽，一口時常搔癢
哽在夜裡的痰

癰

某個不被注意的暗處
蓄積著膿
路過的紅血球匆匆瞥了一眼
白血球如野狗分食
曾經健康的血肉

癌

角落裡
那些不被愛的
最後都成為了怪物
在長長的一生裡
啃食自己

癱

我的肉體
是我終生的監獄
但還有一扇窗可以打開
讓鳥飛出去
讓風進來

痛

疾病的手指
撩撥神經如絃
將我彈奏成樂器，讓音色
足以匹配那讚頌神之恩典的
天使的唱詩班

病

我的病
何妨就是我的藥
死亡是最慈悲的醫者
治癒生命於
一個和解的擁抱

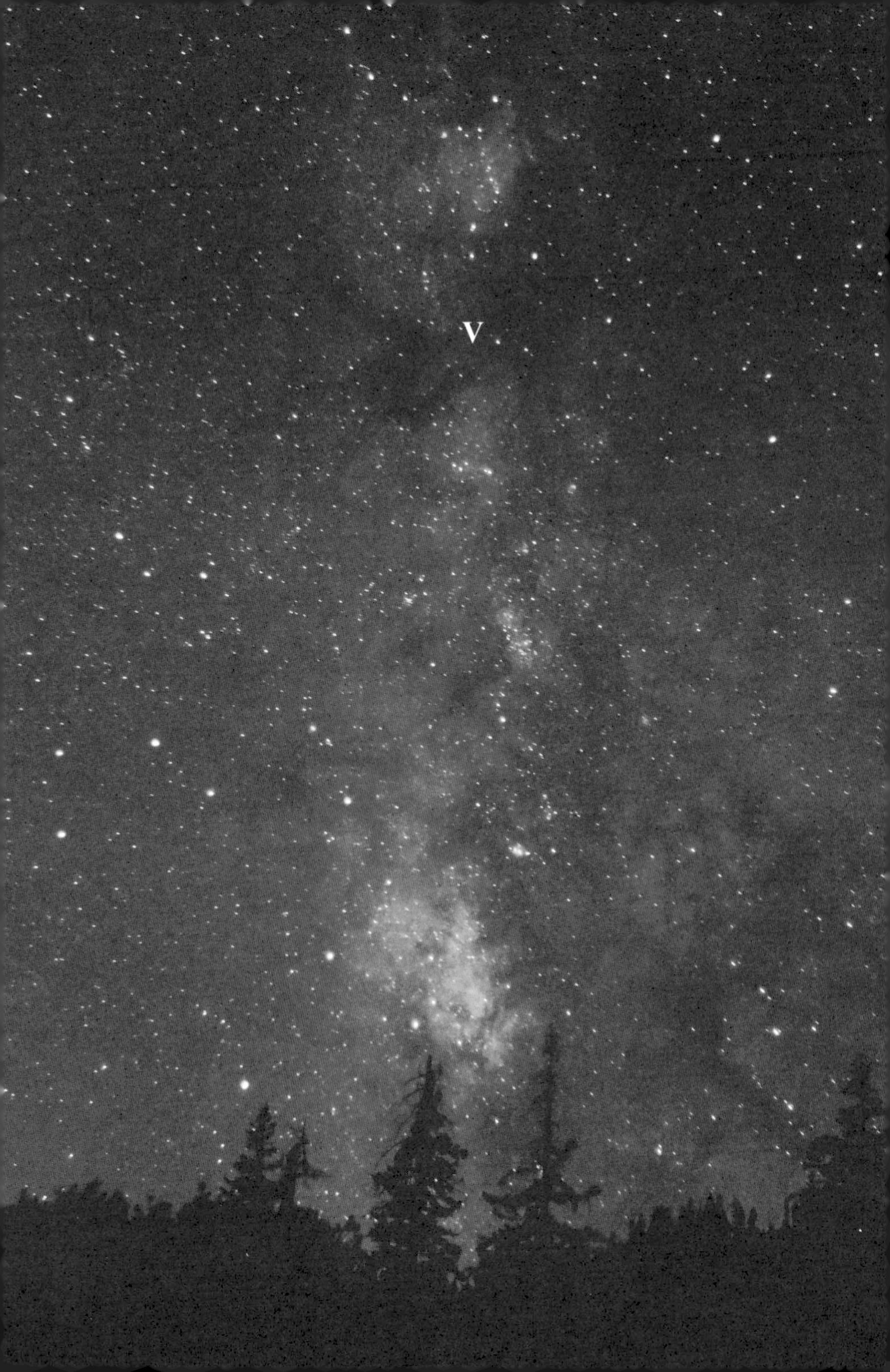
V

人

我們不是活著
只是還沒死去
死者有死者的天堂
活著有活著的地獄

籠

鳥死了
籠子依舊存在
永遠有下一隻失去自由的鳥
會住進來

鑰匙

偶爾生活會為你留下一個
深邃而黑的小孔
讓你側身進去
旋轉
感覺撕裂與輾壓
為了用自己的鋸齒

移動深處的機關

某些稀有時刻
現實會裂開一條縫
讓你穿過
只是無法選擇
門後面是更大片的黑暗
還是走出去
就是天空

銅像

作為一座銅像
再也沒有誰會為他撐傘
那些落在窮人身上的
陽光　雨水
都不再因他的偉大
而自動避開

鴿子總愛棲息在他
尊貴的頭頂
偉人從不知道
廣場上最高的銅像
總是比城裡其他屋瓦
沾上更多鳥糞

電子收費系統

那些明亮的車燈
雨中冒著煙的眼神
彷彿沒有終點
不斷超車的青春
每個人頭頂
卻有什麼監視著

他們聯手造出
比神更高的黑幕
往往還來不及回頭
一瞬之間
就永遠剝奪了
我們的閃電

就好了

你想開一點就好了
繼續躲在角落裡就好了
肯給你工作就夠好了
不要穿那麼露就好了
不要理那些欺負你的人
就沒事了

因為這世界對我太好了
只要閉上眼睛
再往前一步
跨過那條線之後
那些痛
就都好了

最寒冷的春天

最寒冷的春天
有人過來
永遠帶走了陽光
有人把時間靜止在
最深的睡眠

一整個春天那麼長的睡眠
窗外日復一日
是惡夢的暴雪
我們在屋裡
焚燒電視取暖
聽人們談論著
能夠阻止悲劇的
是一顆子彈
一座監獄
或是一間毒氣室？
但至少還有愛
是一種溫柔的抵抗
在沒有陽光的地方

願意繼續相信
擁抱巨大的疼痛
是為了我們，努力
活下去

端午

濃痰般的午後
太陽被哽在雲的後方
這個世代需要一陣劇烈的咳嗽
來說出自己的話
岸邊一位流浪漢
懷抱著僅有的行李

艱難地跋涉過這沼澤般
熱氣蒸騰的溽暑
在每一個海灘
我們用水泥製的粽子
鎮壓可能後起的浪
落幕的龍舟競賽
滿地被踐踏的鮮花
用垃圾去餵養那些飢餓的魚蝦吧
沿岸皆是救生圈

看不見的地方
卻仍然不斷
有人失足

窗

我心裡其中一片黑暗
被窗裁下
裱框
掛在溫暖明亮的房間裡
如一幅無害的壁畫
讓坐在火爐旁的人們

談論著
黑暗的歷史與本質
以及關於黑暗的各種想像
但窗的外面
我
就是黑暗本身

鬼故事

作為一隻安靜的鬼
我懸宕的一顆心
是那些午夜的電梯門
等不到人搭乘
兀自寂寞地
開開關關

大部分的時間
我是透明的
蹲在陽光照不到的角落
只有同樣被忽視的人
才能看得到我

也幸好
因為我是透明的
而且恆常低溫
那些生前拒絕我的
現在可以放心擁抱他們

我仍常常回到
死去的地點
悼念自己
居然在死了以後
才開始生活

死了以後
才發現世界不曾改變
繼續貪汙、侵略、浪費資源

死有什麼好怕的呢？
最可怕的地獄，是活著時
從沒發現
原來自己身在裡面

出海口

一條河在我的身體裡流
眼淚是出口
某些不為人知的洞窟
從未有水經過
曾被淹沒的河岸

已經裸露，擱淺著空的瓶罐
有些種子拒絕腐爛
等待春天來的時候
要從泥濘裡
看到天空

洞

你走了
也帶走一部分的我
其餘的，剩下一個洞
每當我看見那個洞
就想起你

因為那是你離開時
送給我的

洞的胃口很大
我每天用大量的黑暗餵養牠
偶爾想找人說話的時候
就朝洞裡說
洞知道我許多事
大部分是關於你的
但更多的事變成黑暗
牠吃黑暗
牠不說話

洞愈長愈大
大到有了自己的意志與想法
愈來愈像我
我也愈來愈像牠

最後
我剩下很小一點
彷彿誰都能隨時把我帶走
洞把我撿起來

藏在胸口
此後的路
我將不再一個人走

路燈

夜色逐一擦亮路燈
沿著濱河的街
站成一列黃銅的鉚釘
將倒影牢牢拴在
流動的河面上

墜落於凡間的星座
在每個夜裡
繼續用微弱的光
接住
橋上那些
試圖躍下的人

病房

「世界是一間醫院，我們都是病人，若想痊癒，病情可能就要更嚴重些。」——T．S．艾略特

治療就是
放棄去硬闖
那些無法開啟的門
只有我能聽見的聲音

也都不再願意
和我說話

漫長的服藥以後
即將出院的室友
微笑對我說
「你知道嗎
我並不是痊癒了
而是終於願意
去原諒他們」

吻

吻是交換
彼此口腔中的菌叢
交換彼此的潰瘍與唾液
命運與祕密
不可告人的愛、痛
與病

張開自己
最柔軟的傷口
尋求彼此溫柔
愛是秋日晴朗早晨
相擁醒來後的第一個吻
吻過了
願意為新的一天
分享昨日的口臭

神

神

（祂先於一切
如同空白
在文字出現以前
就已無所不在）

VI

底片

每當在黑暗裡絕望的時候
就向著光
透過死亡的陰影看出去
那些早已遺忘的色彩
又將再次回來

鬧鐘

它總是準時
構造簡單
卻富含哲理
在必要的時刻
善意提醒我
關於生命的有限性

雖然它大多數的時間
都只是傾聽

我喜歡它這樣子
內在充滿噪音
卻看起來總是安靜

日曆

對日曆而言
每個薄薄的一天
都是新的
即使是廉價的油墨
印在粗糙的紙上

人們有時會停下工作
抬頭看我
對於他們來說
日子只是重複的顏色與數字
作為一本日曆
就必須習慣告別
練習每天
撕掉一部分的自己
時間之於我們不是累積

只是不斷失去

無數的明天在我身後排著隊
等待被丟棄
只有在極少的時刻
會有人停下來
從垃圾桶裡將它撿起
攤平
在蒼白的角落裡
留下美麗的詩句

葬禮

死後的第一個早晨
陽光依舊前來
拜訪我們的窗台

已經有人來過了
那些不及照料的盆栽

昨晚就被清理掉

愛我的人們
都參加了葬禮
哭過以後
把眼淚和我一起留下
領一條廉價的白色毛巾回家
畢竟各自的生命裡
還有更多困境
來不及埋葬

死去反而是最輕鬆的
墓地、戶籍、遺產稅

如此等等
此後都與我無關
我只需要專心地死著

因為活著的人
已經替我決定了許多事
等到他們都離開以後
我與我的死
終於完全擁有彼此

像很久不曾有過的
一個長長的午睡
夢裡出現過的那艘船
航行了多年
在陽光的海域
終於靠岸

永恆

「日取其半，萬世不竭。」——《莊子·天下》

把一個瞬間
分成十等分
就有了十個瞬間
再繼續分解下去
最終就得到了永恆

永恆不在遠方
在此刻
在每個現在
在時間最小的碎片裡面
藏著無限的時間

例如往窗外看出去
此刻
夕陽正落向山的後方
晚霞已到最鮮豔處
將要退去
在黑夜以前

就可以是永恆
永恆裡有成排的電塔
有鳥停在路燈上
有公車駛過
有人慢慢地走
有草地
即將暗下來的草地
男孩快追到那顆足球
世界正被陰影覆蓋

但遠處還有雲朵
有樹
有光

河

河是靜止的
卻也充滿變動
是大地蓄積的光
也是水
旅行過的痕跡

把自己浸泡在時間裡
讓我愛的人與愛我的人
一起變老
讓我相較他們而言
從來不曾老去

是誰來自我的上游？
我的下游又將通往何處？
每個瞬間都因太陽的照耀
而閃爍著光

河水在我們眼前
纏繞且分開的曲線

流過我體內
當然也流過你的

很高興我們曾一起坐在這裡
在今天
看著今天的雲
雲的影子倒映在河裡
讓河水繼續流過
把一切留下
把一切帶走

跋

這本集子裡的詩，寫於我住院醫師訓練期間。不同於上本詩集幾乎是在旅途中寫成（除了時間空間，還有身分與心境上的飄泊，多重意義的旅途），住院醫師階段維持著同一個身分，讀同樣類型的書，在同一家醫院日復一日做著類似的事，除了專科醫師考試愈來愈接近以外，幾乎感受不到時間的流動。

許多人帶著各自的傷害前來診問。醫學有其極限，或許藥物對情緒或精神症狀有所幫助，但再怎樣尖端的腦部造影或分子機轉，都沒有辦法代替我們回答某些終極議題：那是關於愛與傷害，關於永恆，關於現在，也關於生命的意義。

面對這些，我們只能不斷地思考、不斷地發問，讓問題繁衍出問題愈走愈遠，或許走過這一段回頭一看，發問的過程本身就隱約指向答案。

●●●

心理治療裡有個很重要的觀念，此時此地（here and now），意指治療室外的情形會在治療室內重演；聚焦於此時此地發生的事，有助於了解生命其他部分更廣泛的面向。

但我喜歡這樣觀念的延伸，因為我們是活在此時此地的，不是過去也不是未來。在時間的河流裡，我們的過去曾經也是現在，無數的未來排著隊，跨越稱之為「現在」的門檻而成為過去。過去無法改變，未來無法預測，只有此時此地最為接近真實。

但什麼是真實？認知心理學與神經科學告訴我們，我們所認識的世界，是經過一關又一關的神經訊號傳遞，再經由認知系統的判讀而被賦予意義。過去的經驗影響了我們對新經驗的詮釋，而新的經驗又不斷重塑我們過去所建構的認知。我們身處的世界其實就在我們腦中，沒有這個作為經驗主體的「人」，那些外在的訊息就無法被捕捉，也無法被賦予意義。

而生命的意義是什麼呢？甫去世的物理學家史蒂芬•霍金用數學模型預測了宇宙的終結：在時間的盡頭，很可能是只有背景雜訊的一片無止境的虛空。在人類、文明，甚至任何星球都不復存在的巨大虛無面前，我們生命中的一切便顯得微不足道了。那真正重要的是什麼呢？許多人從宗教、藝術，甚至科學的層面探討這個議題，雖然不可能有標準答案，但那些嘗試的確豐富了我們的想像。

或許尋找的過程本身就能貼近答案。生命，作為經驗的載體，時間的河流帶著經驗通過我們，又流向遠方；那些經驗可能是愛，也可能是傷害，大多數的時候生命本身沒辦法選擇經驗，但既然能夠感受，就是活著的證明。

因此死亡，失去了再次經歷新的經驗的可能性，可說是所有感受的終結。死亡的本質是什麼呢？是靈魂會到另外一個世界，還是跟宇宙的終點一樣什麼都不會留下？有時候死亡的必然性甚至彰顯了生命的意義。無止境地活著與其說是祝福，不如說是一種恐怖，無限延長而看不到終點的生命，也可能是另外一種虛無。

起點、終點，以及兩點之間蘊含的無限可能，總要向前走的，或許我們終究還是在旅途上。

寫作也像一場旅行，在書寫的過程中遇見一個一個字，遇見語言及隱喻。研究已經發現，我們使用的語言及隱喻會影響我們看世界的方式；外在的世界影響著詩，詩形成的同時也影響著我們對外界的認知。書寫與閱讀的時候，世界就安靜地一點一滴改變了。

寫作之初沒有設定特別的方向，但當詩集漸漸收尾時回過頭看，卻長出了特定的脈絡，隱約映照出當初探索的足跡，到頭來原來是詩自己完成了自己。或許文字是有生命的，一直靜靜存在於那裡，只是等待被發現；而我們何其有幸，作為一個雲遊的採集者，在詩裡遇見了文字，在文字裡，遇見了以前未曾想像過的自己。

【新書座談會】

此　時　此　地

Here and Now

2018／06／23（六）

主講人／阿布

與談人／沈嘉悅（詩人）

時　間／下午3:00

地　點／讀字書店

（台北市大安區和平東路一段104巷6號）

洽詢電話：(02)2749-4988

*免費入場，座位有限

國家圖書館預行編目資料

此時此地Here and Now / 阿布著. -- 初版. -- 臺北市 : 寶瓶文化, 2018.06
面 ; 公分. -- (Island ; 279)

ISBN 978-986-406-122-8(平裝)

851.486 107007703

Island 279

此時此地Here and Now

作者／阿布

發行人／張寶琴
社長兼總編輯／朱亞君
副總編輯／張純玲
資深編輯／丁慧瑋　編輯／林婕伃・周美珊
美術主編／林慧雯
校對／林婕伃・陳佩伶・劉素芬・阿布
業務經理／黃秀美
企劃專員／林歆婕
財務主任／歐素琪　業務專員／林裕翔
出版者／寶瓶文化事業股份有限公司
地址／台北市110信義區基隆路一段180號8樓
電話／(02)27494988　傳真／(02)27495072
郵政劃撥／19446403　寶瓶文化事業股份有限公司
印刷廠／世和印製企業有限公司
總經銷／大和書報圖書股份有限公司　電話／(02)89902588
地址／新北市五股工業區五工五路2號　傳真／(02)22997900
E-mail／aquarius@udngroup.com

法律顧問／理律法律事務所陳長文律師、蔣大中律師
如有破損或裝訂錯誤，請寄回本公司更換
著作完成日期／二〇一八年一月
初版一刷日期／二〇一八年六月十四日
ISBN／978-986-406-122-8
定價／二七〇元

AQUARIUS 寶瓶文化事業

愛書人卡

感謝您熱心的為我們填寫，
對您的意見，我們會認真的加以參考，
希望寶瓶文化推出的每一本書，都能得到您的肯定與永遠的支持。

系列：Island 279　書名：此時此地Here and Now

1. 姓名：＿＿＿＿＿＿　性別：□男　□女
2. 生日：＿＿年＿＿月＿＿日
3. 教育程度：□大學以上　□大學　□專科　□高中、高職　□高中職以下
4. 職業：＿＿＿＿＿＿
5. 聯絡地址：＿＿＿＿＿＿

   聯絡電話：＿＿＿＿＿＿　手機：＿＿＿＿＿＿
6. E-mail信箱：＿＿＿＿＿＿

   □同意　□不同意　免費獲得寶瓶文化叢書訊息
7. 購買日期：＿＿年＿＿月＿＿日
8. 您得知本書的管道：□報紙／雜誌　□電視／電台　□親友介紹　□逛書店　□網路　□傳單／海報　□廣告　□其他
9. 您在哪裡買到本書：□書店，店名＿＿＿＿　□劃撥　□現場活動　□贈書　□網路購書，網站名稱：＿＿＿＿　□其他＿＿＿＿
10. 對本書的建議：（請填代號　1. 滿意　2. 尚可　3. 再改進，請提供意見）

    內容：＿＿＿＿＿＿

    封面：＿＿＿＿＿＿

    編排：＿＿＿＿＿＿

    其他：＿＿＿＿＿＿

    綜合意見：＿＿＿＿＿＿
11. 希望我們未來出版哪一類的書籍：＿＿＿＿＿＿

讓文字與書寫的聲音大鳴大放

寶瓶文化事業股份有限公司

（請沿此虛線剪下）

廣 告 回 函
北區郵政管理局登記
證北台字15345號
免貼郵票

寶瓶文化事業股份有限公司 收

110台北市信義區基隆路一段180號8樓

8F,180 KEELUNG RD.,SEC.1,

TAIPEI.(110)TAIWAN R.O.C.

（請沿虛線對折後寄回，或傳真至02-27495072。謝謝）